KB268645

우리 시대 현대시조 100인선 29

땅끝

윤금초

태학사

우리 시대 현대시조 100인선 29

땅끝

초판 인쇄 2000년 12월 28일 • 초판 발행 2001년 1월 1일 • 지은이
윤금초 • 펴낸이 지현구 • 펴낸곳 태학사 • 주소 서울시 서초구 서초
2동 1357 − 42 • 전화 (02) 584 − 1740 (代) • 팩스 (02) 584 − 1730 • e-mail
thaehak4@chollian.net • http://www.thaehak4.com • 등록 제22 − 1455호

ISBN   89-7626-508-4   04810 • ISBN   89-7626-507-6   (세트)

ⓒ 윤금초, 2001
값 5,000 원

☞ 저자와 협의하에 인지를 생략합니다.
☞ 파본은 구입한 곳이나 본사에서 바꾸어 드립니다.

이 시집은 방일영문화재단의 저술 · 출판 지원금을 받아 제작되었음.

중앙일보사가 제정한 제12회 중앙시조대상을 수상
(왼쪽부터 오세영, 장순하, 나순옥, 박권숙, 필자, 이상범)

정운시조문학상을 수상하고 원로 시조시인 이태극 박사와 담소하고 있다.

오늘의 시조학회 여름 세미나를 마치고 전남 강진 다산초당을 찾은 시조시인들
(왼쪽부터 김제현, 필자, 이승은, 이일연, 홍성란, 이지엽, 오종문. 필자가 회장을 맡고 있다.)

미국 헐리우드에서 가족과 함께 (필자, 부인 김영신, 큰딸 나라)

차례

제2부

제3부

제1부

무량수전 배흘림기둥에 기대 서서

소백산 먼 기슭, 갈옷 입고 앉은 부석사 무량수전
풍화된 눈꺼풀 위로 허리 흰 낮달 굴러온다.
스님도 마을 사람도 인기척이 끊긴 마당.

초망(草莽)에 발 묻고 지낸 푸른 세월 수백년
아 고요히 눈 뜨는가, 주심포(柱心包)에 새겨진 의상(義
湘)의 그윽한 그 눈빛
솔거의 솔 그늘 넘실 오체투지로 엎드리고.

동자승 닮은 안산(案山) 발치 아래 앉혀 두고
아미타경 몇 구절 물그늘에 띄워 놓자
금시조 두어 마리가 그걸 물고 건듯 가네, 가네.

주몽의 하늘

그리움도 한 시름도 발묵(潑墨)으로 번지는 시간
닷되들이 동이만한 알을 열고 나온 주몽
자다가 소스라친다, 서슬 푸른 살의(殺意)를 본다.

하늘도 저 바다도 붉게 물든 저녁답

비루먹은 말 한 필, 비늘 돋은 강물 곤두세워 동부여 치욕의 마을 우발수를 떠난다. 영산강이나 압록강가 궁벽한 어촌에 핀 버들꽃 같은 여인, 천제의 아들인가 웅신산 해모수와 아득한 세월만큼 깊고 농밀하게 사통한, 늙은 어부 하백(河伯)의 딸 버들꽃 아씨 유화여, 유화여. 태백산 앞발치 물살 급한 우발수의, 문이란 문짝마다 빗장 걸린 희디흰 적소(適所)에서 대숲 바람소리 우렁우렁 들리는 밤 발오그리고 홀로 앉으면 잃어버린 족문 같은 별이 뜨는 곳, 어머니 유화가 갇힌 모략의 땅 우발수를 탈출한다.

말갈기 가쁜 숨 돌려 멀리 남으로 내달린다.

아, 아, 앞을 가로막는 저 검푸른 강물.

금개구리 얼굴의 금와왕 무리들 와와와 뒤쫓아 오고 막다른 벼랑에 선 천리준총 발 구르는데, 말 채찍 활등으로 검푸른 물을 치자 꿈인가 생시인가, 수천 년 적막을 가른 마른 천둥소리 천둥소리……. 문득 물결 위로 떠오른 무수한 물고기, 자라들, 손에 손을 깍지끼고 어별다리 놓는다. 소용돌이 물굽이의 엄수를 건듯 건너 졸본천 비류수 언저리에 초막 짓고 도읍하고, 청룡 백호 주작 현무 사신도(四神圖) 포치(布置)하는, 광활한 북만(北滿)대륙에 펼치는가 고구려의 새벽을…….

둥 둥 둥 그 큰북소리 물안개 속에 풀어놓고.

땅끝

반도 끄트머리
땅끝이라 외진 골짝
뗏목처럼 떠다니는
전설의 돌섬에는
한 십년
내리 가물면
불새가 날아온단다.

갈잎으로, 밤이슬로
사뿐 내린 섬의 새는
흰 갈기, 날개 돋은
한마리 백마였다가
모래톱
은방석 위에
둥지 트는 인어였다.

상아질(象牙質) 큰 부리에
선지빛 깃털 물고

햇살 무동 타고
미역 바람 길들여 오는,
잉걸불
발겨서 먹는
그 불새는 여자였다.

달무리
해조음
자갈자갈 속삭이다
십년 가뭄 목마름의 피막 가르는 소리,
삼천년에 한번 피는
우담화 꽃 이울 듯
여자의
속 깊은 궁문(宮門)
날개 터는 소릴 냈다.

몇날 며칠 앓던 바다
파도의 가리마 새로

죽은 도시 그물을 든
낯선 사내 이두박근……
기나긴 적요를 끌고
훠이, 훠이, 날아간 새여.

할미새야, 할미새야

흙으로, 흙의 무게로 또아리 틀고 앉은 시간
고향 풀숲에서 반짝이던 결 고운 윤이슬이여, 어쩌자고
머나 먼 예까지 와 대끼고 부대끼는가. 밤새 벼린 칼끝보
다 섬뜩한 그 억새의 세월,
갈바람 굴팻집 울리는 죽비 소리 남기고.

등이 허전하여 등 뒤에 야트막한 산을 두른다.
빚더미 가장(家長)처럼 망연자실 누워 있는 앞산, 우부
룩이 자란 시름 봄 삭정이 되었는가. 둥지 떠난 할미새야,
비 젖은 날개 접고 등걸잠 자는 할미새야. 앞내 뒷내 둘러
봐도 끔끔한 어둠 밀려 오고 밀려 간다. 물을 불러 제 몸
기슭 물리는 강물, 귀동냥 다리품 팔아 남루 한 짐 지고
오는 저 강물아. 파릇파릇 핏줄 돋는 길섶마다 먹어도 먹
어도 물리지 않는 밥풀꽃 꽃등 하나, 눈빛 형형한 꽃등 하
나 달아 놓고
물안개 거두어가는 애벌구이 해도 덩실 띄워 놓고……

해일

때린다, 부 부순다, 세상 한켠 무너버린다.

바람도 바다에 들면 울음 우는 짐승되나. 검푸른 물 갈기 세워 포효하는 짐승이 되나. 뜬금없이 밀어닥친 집채만한 파도, 파도. 해안선 물들였던 지난철 허장성세 재갈매기 날개짓 소리 환청으로 들려오고, 우리 더불어 한바다 이루자던 동해 바다 문무대왕 수중릉 대왕암이 하는 말도, 몇 문단 밑줄 친 언어 다 거품되어 스러진다. 미완성 내 그림자 물거품되어 쓰러진다. 난파의 세간살이 부러진 창검처럼 이에 저에 떠밀리는 먹빛 아찔한 이 하루, 천길 궁릉같은 푸른 물 속 한 걸음 헛디딘 벼랑길 이 하루가 멀고 험한 파랑에 싸여 자맥질한다, 자맥질한다.

저 바다 들끓는 풍랑 어느 결에 잠재울까.

하회탈 양반의 눈웃음

북소리 날라리소리에 절로 파랑치는 신명이어라.

번잡도 허탈도 멀리 강물 따라 실어보냈어라. 잎도 꽃도 아닌 검푸른 풀 무늬 배바닥 하얀 살갖 위에 꿈틀거리는 술장군, 진양주 두어 말쯤 갈무리했을 분청사기 술장군, 허리띠 풀어 헤친 거나한 그 술장군 눈빛이다가, 막새기와 둥근 얼굴 섬긴 신라 와공(瓦工) 눈짓이다가, 쥘부채 접었다 펼칠 때 두루마기 자락 스치는 저 바람결 미소이다가,

더러는 이승기겁 다 헤고도 남을 그런 눈웃음이어라.

질라래비 훨훨

별떨기 튀밥같이 어지러이 흩어질 때
어둑새벽 등 떠밀며 달려오는 먼 산줄기
풍경이 풍경을 포개어 굴렁쇠 굴려 간다.

자궁 훤히 드러낸 회임(懷妊)의 연못 하나
제각기 펼친 만큼 내려 앉은 햇살 속으로
염소떼 주인을 몰고 질라래비, 질라래비……

이 땅의 잔가지들 손잡고 살 비비는가.
질라래비 훨훨, 질라래비 훨훨, 활개 치는 풀빛 아이들
봄날도 향기로 와서 생금가루 흩뿌린다.

백악기 여행

−우항리 공룡 발자국 화석에 관한 단상

물새떼 날개짓에는 하늘색 묻어난다
중생대 큰고니도, 갈색 부리 익룡들도
후루룩 수면 박차고 날자 날자 날자꾸나.

장막 걷듯 펼쳐지는 광막한 저 백악기 공원.
물벼룩 물장구치는 안개 자욱한 호숫가, 켜켜이 쌓아올
린 색종이 뭉치 같은 시루떡 암석층 저만큼 둘러놓고 배
꼽 다 드러낸 은빛 비늘 아기공룡 물끼 홍건한 늪지 둑방
길 내달릴 때 웃자란 억새풀 뒤척이고 뒤척이고……. 발목
붉은 물갈퀴새, 볏 붉은 익룡 화석도 잠든 세월 걷어내고
두 활개 훨훨 치는 비상의 채비한다.
1억년 떠돌던 시간, 거기 머문 자리에서.

한반도 호령하던 그 공룡 어디 갔는가
지축 뒤흔드는 거대한 발걸음 소리
앞 산도 들었다 놓듯 우짖어라, 불의 울음.

저물면서 더 붉게 타는 저녁놀, 놀빛 바다.

  우툴두툴 철갑 두른 폭군 도마뱀 왕인가. 파충류도 아
닌 것이, 도롱뇽도 아닌 것이, 초식성 입맛 다시며 발 구
른다 세찬 파도 밀고 온다. 검은 색조 띤 진동층 지질 아
스라한 그곳, 결 고운 화산재·달무리·해조음 뒤섞이고
뒤섞여서 잠보다 긴 꿈꾸는 화석이 되는 것을, 별로 뜬 불
가사리도 규화목(硅化木) 튼실한 줄기도 잠보다 긴 꿈꾸는
화석이 되는 것을…… 깨어나라, 깨어나라. 발목 붉은 물
갈퀴새, 볏 붉은 익룡 화석도 잠든 세월 걷어내고 이 강물
저 강물 다 휩쓸어 물보라 치듯 물보라 치듯, 하늘색 풀어
내는 힘찬 저 날개짓!
  후루룩 수면 박차고 날자 날자 날자꾸나.

중원, 시간 여행

몸 낮출수록 우람하게 다가서는 저 산빛

떡갈나무 잡목숲 흔들고 오는 문자왕 그의 호령 중원
고구려비 돌기둥 휘감아 도는데 들리는가, 산울림 우렁 우
렁 일렁이는

찾찾찾찾자되찾자…… 기찻소리, 하늘의 소리.

그날의 추상

계룡산
으늑한 골짜기
장작가마 불길 속

꽃도
날치도 아닌
검은 추상 무늬를 입고

치기가
뚝뚝 흐르는
막사발 하나 몸을 튼다.

아침 식탁

머나먼 남태평양 바닷바람 묻어 있는
육질 고운 참다랭이 배밑살도 놓인 식탁
우리네 잡식성 야망, 목젖을 자극한다.

물덤벙술덤벙으로 흘러온 지난 세월
말자, 생각 말자. 저만큼 밀쳐둔 세상 읽기
한 접시 굴껍질 위엔
의문부만 쌓인다.

성에 낀 저 창 밖은 바람 또한 흉흉해라.
입에 달던 푸성귀도 어느덧 씁쓰름하고
시는 일 젓가락질이 이리도 망설여지나.

산은 산들끼리 둘러앉아 호연지기 나누는가.
굴뚝새 내려앉은 영하 깊이 잠든 마을, 일출구(日出口)
잃은 사직의 아침을 더듬으면
아득한 박명의 하늘
성긴 눈발 내린다.

빗살무늬 바람

섬진강 놀러온 돌 은빛 비늘 반짝이고
드레스 입은 물고기 시리도록 푸르다.

강변 수은등이 젖은 눈 끔벅이고
구르는 갈잎 하나 스란치마 끄는 소리
바람도 빗살무늬로 그렇게 와 서성이고…….

수심 깊은 세월의 강
훌쩍 건너온 한나절,
저 홀로 메아리 풀며
글썽이는 물빛들이
포구 죄 점령하고
이 가을 다 떠난 자리
격자(格子) 풍경 예비한다.

겨울 나들이

그 무슨 섭리마저 옭아맨 동토 속에
얼음장 밑자리를 간지르는 여울 손길
어기찬 역사(役事)를 두고 말을 차마 삼가나.

수천 길 벼랑인가, 아득한 궁륭 밖은
아직도 이가 시린 저 바람 사금파리
어느 먼 애정의 누적 이 아픔을 달랠까.

바람

―당통[*]의 죽음

목말라 지친 몸의 절규하는 봉두난발.
질감 짙게 가라앉은 검은 밤의 모반(謀反)인가.
짓밟고 억누른 자의 왕정(王政)을 불지른다.

금간 칼자루들 뿔뿔이 흩어져 있다.
2분법 그물코에 걸려든 신발 한짝
마지막 짚단을 적신 얼룩이다, 단두대의……

꽁꽁 옭아맨 그날 그 공포의 광장
찌렁찌렁 쇳소리의 청교도 수사학은
한 목숨, 영혼도 자른 광기의 바람이다.

* 당통 : 프랑스 혁명 때 공포정치의 종식을 주장한 온건파. 그는 과격
파 로베스피에르에 의해 체포되어 35세에 처형되었다.

인터넷 유머 · 1

　　　　IMF, 정축 국치

　앞산도, 저 바다도 몸져 누운 국가부도 위기.

　03 대통령 IMF 기사를 읽다가 임프! 임프가 뭐꼬? 묻는다. 경제수석 더듬거리며 국제통화기금이라는 것입니다. 03 대통령, 누고? 누가 국제전화 많이 써 나라 갱제를 이 지경으로 맹글었노? 도대체 이번 사태까지 오게 된 원인이 뭐꼬? 뭐꼬? 네네네 네, 여러가지 있습니다만 종금사 부실 경영이……. 03 대통령 탁자를 내리치며 도대체 종금사가 어데 있는 절이고?

　이튿날 대중 대통령, 긴 한숨 내쉬며 언제 디카프리오(빚 깊으리오).

베스트 셀러

항간에 나도는 정치 서적 베스트 셀러

1위 「영구 집권은 없다」 박정희 지음, 2위 「쿠데타 길라잡이」 전두환 지음, 3위 「전두환 무조건 따라 하기」 노태우 지음, 4위 「예순 잔치는 끝났다」 전두환·노태우 공저, 5위 「대통령 1주일만 하면 노태우만큼 챙긴다」 전경련 지음, … 7위 「저는 떡값을 하나도 모르는데요」 김현철 지음, 8위 「조금만 받았다고 말하면 세상이 즐겁다」 김대중 지음, 9위 「20대의 쿠데타, 60대의 내각제」 김종필 지음, 10위 「벙어리 삼룡이」 최규하 지음.

이방원, 이 소문 듣고 "놀고 있네, 놀고들 있어!"

인터넷 유머 · 3

Y담

문민 정부 최후 만찬엔 「Y담」이 만발했다.

서울을 온통 하얗게 덮어버린, 눈 내리는 밤 삼청동 총리 공관. 문민 정부 최후 만찬이 베풀어지고 있었것다. "밤의 청와대는 적막강산, 심심하고 썰렁하고 고독해 못 있겠다"는 03 대통령 위로하기 위해 고건 총리가 주선한 자리였것다. "국무위원 여러분, 요즘 대통령 심기가 영 불편한데 우리 Y담이나 한바탕 걸판지게 해봅시다, 걸판지게……." 총리가 바람 잡았능기라. 이 분위기 잡칠세라 정무장관이 서둘러 "제 고향 이북에선 전구(電球)를 불이 켜진다고 해서 불알이라고 합니다. 형광등은 긴 불알, 샹늘리에는 떼불알……." 뒤 이어 총무처장관 "어떤 사람이 검은 콘돔을 가지고 다니기에 물었더니 마누라 상중(喪中)이라 그런다"고 했것다. 오량액에 얼큰해진 03 대통령 "영국을 방문했을 때 엘리자베스 여왕 옆에 앉아 식사를 하는데, 만찬이 끝날 무렵 여왕이 갑자기 테이블 밑으로 내 다리를 자꾸 건드리는 거라. 한번도 아니고 세 번 네 번 맨발로 내 다리를 건드리는 거라. 순간 당황하여 어쩔 줄 모르겠더라구. 혹 무슨 메시지는 아닐까, 할 말이 있는 건 아닐까 별 생각 다 들더라구. 알고 보니 영국 여왕 답답하여, 하이힐이 하 답답하여, 식사 전에 신발을 벗어 두었는데 글쎄, 구두 한 짝이 내 발쪽으로 와 있었던 게야, 으흐히잇!"

폭설 속 총리 공관서 엮은 보카치오 데카메론.

현상과 대비

—루오의 「상처 입은 어릿광대」

마티에르 거푸 바른
차디찬 내면 고백,
가슴 먹먹한 날은 물감 왈칵 쏟을까보다.
떠돌이 어릿광대의 불 머금은 눈망울.
점액질 우수가 밴 어둑한 저잣거리
추한 몸통 드러낸 따라지 생령들아,
무겁고 둔한 죽지로
어디메서 춤을 출까.

빛의 누적

　－모네의 「두 개의 짚가리」

목선 아틀리에 이젤을 세워 놓은,
몸째로 녹아내리는 색채의 향연이다.
끝없는 정일 속으로 헤엄쳐간 외광파(外光派).

한색(寒色) 잘게 이겨 휘두른 붓 자국은
평생 두고 갈무리한 두어 섬 빛의 무덤……
현란한 혼을 쫓다가 끝내 눈먼 비상이다.

제2부

안부(安否)

―어느 싸움터인가, 내 아우여

금(金)낚시 드리우는 초승달 앞녘 강에
깎인 돌의 초연 냄새 피로 씻지 못한 자리,
어머님 품안을 떠난 죄(罪) 구렁의 어린 양(羊).

역한 바람 풀어 헤쳐 철새 등에 띄운 안부
못다 푼 긴긴 설화 실꾸리로 감기는데
저 하늘 닫힌 문밖에 벽을 노려 섰는가.

누다비아 산허린가 빗발치는 가시덤불
세계의 귀가 얽힌 불행의 수렁길에
거미줄, 거미줄 사이 겨냥하는 눈망울.

선불맞은 짐승처럼 파닥이는 나비 죽지,
한 떨기 목숨 가누어 내젓는 기구의 손,
그 무슨 깃발을 안고 너는 끝내 포복하나.

뒤틀린 사랑 타며 포효하는 나의 사병(士兵).
동남아 밤을 밝혀 무지개 지르는 날

떨리는 그 입술 모아 더운 김을 나누자.

해남 나들이

대둔사 장춘구곡
살얼음도 절로 녹아
마애여래상의 광배(光背)를 입고 서서
땟국을, 홍진(紅塵) 땟국을
헹궈내는 아낙들.

그 옛날 유형(流刑)의 땅 남도 끄트머리.
백연동 외진 골짝 고산(孤山) 고택 녹우단의 겨우내 움
츠린 목숨, 풀꽃 같은 백성들아. 직신작신 보리밭 밟듯 돌
개바람 휩쓸고 간 동상의 뿌리에도
무담시 발싸심하는 봄 기별은 오는가.

개펄 가로지른 비릿한 저 해조음.
뱃머리 서성이는 털복숭이 어린 것의
소쿠리 크나큰 공간
산동백이 그득하다.

새물내 물씬 풍기는 파장의 저잣거리.

어물전 세발낙지, 관동 명물 해우도 불티나고
텁텁한 뚝배기 술에 육자배기 신명난다.

엘니뇨, 엘니뇨*

들끓는 적도 부근 소용돌이 물기둥에
우우우 높새바람, 태평양이 범람한다.
엘니뇨 이상 기온이 내안 가득 밀린다.

날궂이 구름 덮인 심란한 나의 변방.
이름 모를 기압골이 상승하고 소멸하는……
엘니뇨 기상 이변이 거푸 밀어닥친다.

바닷가재, 온갖 패류, 숨이 찬 산호초에
우리 친구 물총새 끝내 세상 뜨는구나,
저마다 세간을 챙겨 브릉브릉 뜨는구나.

* 엘니뇨 현상 : 이상 조류가 갑자기 밀려오는 기상 이변 현상.

성냥개비

무엇으로 사멸하길 감히 너는 원하는가.
맨살을 집적이는 저 늙은 화부(火夫)의 손
유황빛 이마를 흔든 이 생애의 역사(力士)로.

매캐한 연막 속의 맹물뿐인 허방다리.
발치마다 사발통문, 그물코도 던져 있다.
마지막 울부짖는 신음, 네 불꽃을 휘감고.

독감

다 발겨 먹고 남은 생선의 가시 같은 여자, 그리고 걸신 든
인생의 바특한 피를 뽑아 잘 사는 사람의 개기름 흐르는 배꼽에
다 꾸역꾸역 보혈을 하려고 발버둥치는 모리배가 득실거리는 세
상에서 어처구니없게도 불치의 병을 앓는 바사기가 글쎄, 어느
먼 우주의 외진 골짝에 살고 있었다는 우화를 들었던가 몰라.

한낱 동전이 게워놓은 흉흉한 저잣거리
그 무슨 허구의 새, 벽을 후벼 파닥이고
왁자한 탄핵의 아픔, 이 오한을 달랠까.

무모한 손끝에 떠는 문명의 주형 아래
꽃의 진물처럼 뼈마디 지이 빠진 몰골,
마지막 그물에 갇힌 저 바람 신음 소리.
빈 심령 헝클고 온 회칠한 휘겡이 앞에
한 모금 곡기를 잃고, 주리 모두 틀리었네.
환장할 경치를 지고 주눅 들린 일과로.
해도, 달도 짜드러기 부스럼딱지 열병의 세월
검불 티 흩날리는 미친 단근질 속을

아교질, 아교질에 싸인 아 허망한 생애다.

한낱 동전이 게워놓은 흉흉한 저잣거리
그 무슨 허구의 새, 벽을 후벼 파닥이고
왁자한 탄핵의 아픔, 이 오한을 달랠까.

대치(對峙)와 현상학

―로댕의 「칼레의 시민」

칭 칭 감긴 포위망의
왕정(王政)을 대지르는,

벗을 것 다 벗어버린
가비야운 그 헐벗음

죽음의 인질로 나선
칼레의 시민들아.

손에 손을 깍지 낀
묵시의 언어였나.

끈적한 점액질 사랑,
연대의 여섯 사도(使徒)

맨발의 청동 조각이
다시 살아 숨쉰다.

남도석성*

새벽 햇살이 노란 손길로
동쪽 성벽 보듬기 시작한다.
들일 나가는 남정네들
누렁소 방울소리 울리고
바람결 해자에 앉아
넘실넘실 조리질한다.

성 안엔 잉걸불 째작거리고
뽀얀 안개 혀를 내민다.
가옥 40채 끈으로 묶듯
빙 둘러 감싼 남도석성
뒷뜰엔 무성히 자란
적막만이 서성거린다.

흰 발굽 굴리며 오는
저 파도 푸른 갈기,
몽골군 조랑말인가
용장산성 기어오르고

갯벌로 밀려난 마을
다시래기 소리 익는다.

물푸레 덜 여문 뼈를
매만지며 살고 있는
배중손 후예 눈빛 속엔
불타는 숲 담았을까.
삼별초 부활의 아침
인동 잎도 실눈 뜬다.

* 남도석성은 전남 진도군 임회면 남동리에 있다. 고려시대 몽골 침략
  군에 맞서 저항했던 삼별초의 배중손 장군은 이 석성에서 최후까지
  항거하다 끝내 전사한 것으로 전해진다.

사유와 운동·1

—클레의 「푸른 새들이 있는 풍경」

점에서 비롯된 선
숨쉬는 여울이다.

생성의 리듬을 탄
경쾌한 음색이다.

수풀 속 고개 내미는
저 비둘기 한 마리.

인식의 땅 찾아 나선
꿈들의 여행이다.

공간 위에 일궈 놓은
다양한 시간 개념.

구구구 우니는 넋은
동그라미 기호란다.

사유와 운동·2

　—미로의 「밤중의 여자와 새」

화면 공간을 부유하는 이름 모를 저 연체동물
빠른 붓질 리듬을 탄 자동기술 형상들이
때로는 새로 태어나 만국어로 날고 있다.

힘찬 그 운필의 시간, 경쾌한 선율 흐르고
점과 선 맞물린 자리 고개 드는 기호들이
더러는 여인이 되어 젖은 눈 끔벅인다.

겨울나기

잿빛 녹슨 눈보라 산협을 동여매는
내가 머문 위도권은 살얼음 빙판인가,
한 떼의 역한 바람이 할퀴고 간 공한지.

이 겨울 손발 시려 죽살이친 솔씨 하나
숨결 고른 그 맥박의 불 지핀 풀무질에
응달진 돌무지 흙도 피가 돌아 풀리겠지.

닳고 이지러진 세월 웅크린 척추 마디
긴 매몰 겨울잠의 눈곱 낀 의식 속에
애정의 부존량 캐는 무수한 삽질 소리.

존재와 꿈

  —로댕의 「코 짜부라진 남자」

침통한 청소부의 숨쉬는 그 정령이
점토 짓이긴 주형(鑄型) 안에 놓였는가.
생명이 이울던 자리, 다시 살아난 율동으로.

지난 철 쓰라린 일기, 기나긴 자폐증도
스팀팔루스 새를 향해 활시위 당기는가.
격렬한 칼끝 언어로 솟구치는 내출혈.

일과 몽상 · 1

― 르동의 「바다밑 환상」

거친 땅 가슴 적신 보라빛깔 먹물이다.
뿌연 운무(雲霧) 뒤집어쓴 잠든 영매(靈媒) 옷깃이다.
눈 감자 더욱 빛 부신 불모의 석판화집.

수천 길 심연 바닥 꿈꾸는 후지(厚紙) 위에
파스텔 물감 칠한 바다밑 감정 이입(移入).
신화 속 키클로페스도 부시시 깨어난다.

일과 몽상 · 2

—달리의 「내란의 예감」

물렁물렁한 시계 속
문자판이 흐물거리고
뇌막염 두개골이
바지랑대에 걸쳐 있는,
어느 날 꿈의 서술이
초현실로 태어났다.

벅찬 그 정신의 벌집
꿀로 채워준 여인.
골 깊은 망상증 숲을
훨훨 날아온 뮤즈였던
살라어, 헬레나 갈라,
지금 어딜 서성이나.

구운 정어리 냄새
코끝에 실려올 땐
묘지를 생각했던 그
광대 같은 갈고리수염.

관능과 악마주의가
부조리극 연출했다.

살도 뼈도 녹아내린
참혹한 인체 데생.
상한 삶의 슬픈 잔해가
실루엣 드리웠다.
국방색 성난 악령들
발 구르며 달려오고……

연역과 귀납

―샤갈의 「나와 마을」

와와와 어둠 군단이 동구 밖을 덮쳐오고
낫을 멘 검은 농부 갈매기로 떠오른다.
대각선 공간을 가른 낯선 2중 청동 얼굴.

망나니 틈입자의 부라린 의뭉한 눈.
겁에 질린 풀무치도 주여, 주여, 떨고 있다.
예배당 좁은 창틀엔 어중간한 풍경 하나……

전체와 부분

—코로의 「어떤 아침, 님프의 춤」

고샅길 헤쳐서 온 지중해 밝은 풍광,
살 속 꿰비치는 저 바람 요정들이
모직을, 신(神)의 모직을 쉬엄쉬엄 짜고 있다.

빛 바랜 사진 한 장, 퇴락한 역사였나.
꿀벌 두어 마리가 굴절시킨 숲의 색조
청록색 주단을 두른 긴 호반도 퍼덕댄다.

점액질 송진 바른 끈끈한 이 팔레트에
문명을 벗어 던진 춤추는 맨발의 무희(舞姬)
천지에 팔짱을 끼고 빛의 막을 치는구나.

굴레와 해방

　―루소의 「사육제의 밤」

가난한 양철공
치기 어린 아들로 자라
소금 한 톨, 좁쌀 한 줌
저울질한 문지기 세리(稅吏)
어느 날 굴레를 벗고
무위(無爲)로 온 소박파여.

농밀한 꿀을 바른
사육제의 팔레트……
지친 구름 두세 조각
저승엔 듯 둥둥 가네.
우리들 무거운 짐도
날라다 주게, 면세로.

질료와 정신

—고흐의 「귀를 자른 자화상」

들녘을 쏘다니는 야생마 그것처럼
툭 툭 짧은 붓 놀림의 신들린 색채 분할.
억압된 격정의 불길, 활활 솟아 물결친다.

노란 보리밭이랑 까마귀떼 푸득이는,
꿈틀 꿈틀 나울치는 눈부신 풍광 속에
스스로 목숨을 끊고 문빗장을 거는구나.

대상과 공간 · 1
―위트릴로의 「거리 풍경」

끈적끈적한 고약 같은 질료를 짓이긴다.
흙손으로 발라올린 정감 어린 마티에르,
골목길 벽돌 담마다 피가 돌아 숨쉰다.

화면을 비집고 흘러내릴 듯한 기름 물감,
지중해 강렬한 풍광이 거기 녹아 내리는가.
우수에 찬 여인 서넛 실루엣으로 떠오른다.

대상과 공간 · 2

— 보나르의 「식탁과 뜰」

색채는 꿀처럼 농밀하게
공간을 침투해 들어간다.
반쯤 열린 저 식당문
보라빛 색조 띠고
나른한 오후의 햇살,
에테르로 스민다.

경쾌한 리듬을 탄
자동기술 형상들이
식탁 위엔 과일 접시
화사한 꽃병으로 놓이고
환희에 가득 찬 선묘(線描),
시각 요람을 보겠네.

상황과 인식 · 1

―마티스의 「음악」

쭈뼛쭈뼛 고개 드는
색채의 붉은 광란,
너울너울 물결친다
환희의 식물 무늬.
어둡고 탁한 시속(時俗)도
예 와서 침잠하라.

한 바퀴 춤을 추고
현(弦)을 고른 「야수 우리」
피로에 지친 얼굴
다가와 등 비빌 때
그 어느 신의 섭리도
예 와서 노닐어라.

상황과 인식 · 2
　　－피카소의 「납골당」

가로등 희미한 불빛
우수에 찬 홍색 시대.
기름 먹은 캔버스의
기호학 도상(圖像) 위엔
살육의 참혹한 무대
예비하고 있었다.

파피에 콜레기법의
가슴 섬뜩한 실제 상황.
작살 든 그 병사의
<안티브 밤낚시>처럼
우리네 검은 휘갱이
춤을 추고 날뛰었다.

타! 타타탕 …… 억장 무너진 그날 그 불의 거리.

너울너울 물결치듯 고꾸라진 생령들아. 치고 패고 할퀴

어서, 직신작신 짓밟혀서, 청소차 상여 타고 이에 저에 끌
려다닌, 꽃젖가슴 도려내진 풀빛 소녀 헌화가로 큐비즘 화
면 속에 피의 역사 기록했나. 터럭발은 터럭발대로, 두개
골은 두개골대로, 한뼘 땅 잠들 곳 없이 사대(四大) 각각
흩어진 채 생채기진 혼백들 항간을 떠도는데

납골당 차디찬 하늘, 유골들이 일어선다.

제3부

꽃의 변증법 · 1

쑥구렁, 가시덤불
핍박받은 이조의 땅

살도 뼈도 썩어내린
주검의 굴헝에서

용하다
붉은 피톨의
꽃대궁을 내밀고.

대둔산 깊은 골짝,
비바람 할퀸 자리

돈도 빽도 바이 없는
더벅머리 상사화야.

그 누가 저지른 죄(罪)를
너를 빌어 참수하나……

꽃의 변증법 · 2

툭 툭 빠른 저 붓놀림
덧칠하는 가을 화판,
비늘 돋은 앞녘 강물
온갖 형용사로 넘실대고
극채색 감성 언어가
꽃잎 되어 고개 드네.

들쭉날쭉 달려오는
산등성이 등에 업고
변성기 수탉처럼
활개치던 풀빛 아이들,
세상사 이내 속으로
속절없이 가고 있네.

지난철 허장성세도
두어 장 갈잎 야사로 남고
솔바람 카랑한 음성
다비문을 읽는 걸까,

우리네 골짜기 삶을
산그늘이 덮고 있네.

내재율·1

─길쌈

석영빛 배동정의
썰렁한 소저 눈매,

아지랑이 곰실대는
부화의 봄 소동은

되살아 피 도는 감성,
챙기었네 새 세간을.

꾀꼬리 속깃 같은
명주실, 꿈오라기

그리움의 꾸러민가
고무래로 자아 올려

발돋움 미학을 짜는
앵두가슴, 그 손결이.

완자창에 잦은 가락,
목금(木琴) 소리 베틀 놀이.

삼단머리 허릴 휘어
설레는 신명 따라

금슬의 피륙을 감는
내 사상은 말콧대.

날줄 씨줄 잉아귀로
한 세월 자개수 놓듯

우리네 사랑의 의미,
몇 겹으로 풀어 헬까

바디질 멈출 새 없는
열두 자락 내재율.

내재율 · 2
―아침 영가

사타구니, 겨드랑이
깃털이 싹틀 무렵

풀이슬을 받쳐든 내
애정의 끝자락은

등넝쿨 요람을 틀 듯
새둥지나 엮던가.

대머리 마루턱을
문지르는 아침 햇살.

분사광선 한 조각을
발겨 먹은 뒷날처럼

예지의 띠, 금(金)띠 두른
새끼 제비 주둥이여.

온 몸에 속속들이
신열 같은 은혜의 불,

연옥인가 동구 밖을
휘돌아온 바람 앞에

삭신을 맞비비는 저
나뭇잎의 통성기도.

내재율·3

창틀에 부리 비벼
금슬(琴瑟) 뜯는 새떼 같이

피 사위는 가슴패기
물이랑을 추스려도

먼 하늘 사립문 밖에
밤을 다뤄 타는 심상.

묵주알 목걸이의
포도다래 그늘 사이

우리 삶의 뜨개질의
바늘귀를 넘나들 듯

한 세상 꽃노을 속에
뜸들이는 사랑을.

무너진 옛 성당의
죽은 수녀 얼굴들이

못다 핀 그 상사의
그리메와 춤을 출 때

빈 뜨락 맨발로 내려
달빛 아래 홀로 서리.

내재율 · 5

쑥구렁 칡뿌리나
송기를 발기던 날

애정처럼 떠오는 달
은물결을 출렁이듯

내 영혼 교교한 골에
깃 사리는 학 한 마리.

산 허리 물 허리에
신록의 치맛자락

풀 수풀 요람 아래
흔들의자 삐걱일 때

금슬은 색실로 내려
새둥지나 틀던가.

78

온 세상 물매 재어
덧문 한 장 곁들인 뒤

손때 어린 문설주의
부적마다 별이 뜨면

이승을 다 헤고도 남을
거문고의 여운이여.

불 지펴, 빈 심령의
묵정밭에 향불 지펴,

우리 삶의 쟁기질의
보습 닳는 한 세월을

나 훨훨 꽃노을 속에
저 하늘을 누벼 갈까.

머리카락, 센 카락의
갈꽃처럼 해로한 뒤

거미줄 한을 풀어
묘비명을 휘감아도

천년 그 기찬 사랑을
아, 흙발인 채 외오 서리.

내재율 · 6

─해변의 발코니

잠꾸러기 별떨기가
비늘을 떨굴 무렵

활짝 활짝 팔 벌리는
부챗살의 햇살 쪼듯

먼 하늘 사립문 밖에
푸득이는 비둘기떼.

풀수풀 창덮개를
물고 뜯는 갯바람이

비린내의 포말인가,
물이랑을 뒤척일 때

살폿이 욕실을 나온
영성의 내 어린 촉수.

철썩이는 가슴패기
물방석을 엮는 바다,

포도덩굴 차양 아래
흔들의자 삐걱이면

이승을 다 뒤흔들 듯
하늘 덮는 나비였네.

다비문(茶毘文)

두 가닥 솔잎 같이
해로할 푸른 연분

세상사 이내 속에
등을 잠시 받쳤단다

그 가지 등걸에 맺혀
한줌 흙의 풍화로.

이 목숨 더운 정기
끝끝내 불꽃인 걸

평생 두고 재우지 못할
서실(胥失)의 티 하나도

모래펄 달빛을 누벼
다 쓸었다 답하라.

차라리 숨이 겨워
혀끝 절로 내두르는

실오리 연기 자락
뼛가루 흩날릴 때

내 영혼 해가 이울면
어느 결에 머물까.

탐색 · 1

드억센 칼을 가는 저 바람 음험한 모사
<웃음을 경제하는> 파시 같은 바다의 장식도
다시금 악몽을 푸는 진종일의 자맥질.

일찍이 스산했던 일상의 노대 밖은
서슬 푸른 파도덩이, 가슴 그 뻑뻑한 경련,
쟁취의 잇자국 새로 묻어나는 살점이다.

탐색 · 4

지난 밤 서리치듯 모랫벌 적신 달빛
부용 사이 어지러이 눈발 날린 나비도 숨자
으스스 꾀벗은 가지, 찬 풍진만 입었네.

풀빛 치렁한 목도리 등도 거둔 나의 몰골
바람 같은 눈요기며 오만 호사 접어두고
깃 털린 애정을 불러 으스러지게 포옹하네.

고백 · 1

오밤중 비수를 대고 유곡 숲을 자른 달아
불길, 불길 위에 혀를 문은 부저처럼
기막힌 경지를 지고 네 행적을 여순다.

흰 깁의 뿔을 쓴 이 갓난 죽순 대궁이
오지고 각다분한 일상의 단애 끝에
찍찍한 오랏줄 얼레, 모가지에 질리고.

어금니 다시 갈고 오는 파도의 유리 파편
짓무른 아랫도리 위태위태한 저 만지(蠻地)여.
눈 감자 징그런 이빨, 아 수렁에 선 일과다.

고백 · 3

화냥년,
저 시정(市井)을 헝클고 온
너는 화냥년.
떫은 이 시류 속에
미친 바람의 난도질로.
다시금
꽃철을 지고
걸신 들린 영혼으로.

어느 날의 풍물지

보리 뜨물 빛깔로 트여오는 동쪽 하늘
바람이 샛강물을 찰랑찰랑 조리질한다.
저 멀리 문명의 녹물 아침 이슬 핥고 있다.

풀잎 칼끝 헤쳐 오는 병정개미 너댓마리
아웅다웅 먹이 협상, 성가신 세월인가.
풍문의 주식을 안은 주민 두엇 서성대고……

잠적

─프라하를 불태운 사바타의 젊음 앞에

미친 듯 울부짖어 오히려 차가운 화염,
휘겡이 연옥리들 둘러선 봉쇄 속에
싸늘한 그의 비수로 역모하는 밤이여.

한 마리 핀에 찔린 부나비 그것처럼
생채기 복음서의 바람에 깎인 아픔,
마지막 방아쇠 앞에 네 잠적을 묻는다.

심방

태초 그 말씀을
가슴 깊이 다스린 몸
시름도 꽃피운 사랑,
양(羊) 먹이던 눈망울이
한 세상
돌바람 속에
바위처럼 도사려.

모니카의 모정인가
허리 굽은 그 손길로
반만 벙근 오지랖섶
젖멍울을 내어밀 듯
우리네
허구헌 죄를
성수(聖水) 부어 씻으리.

눈언저리 주름살의
물이랑을 못 지우고,

서리진 낭자머리
참회록을 외우실 때
더러는
감화의 순간
눈물 고인 모습을.

가을 전령사

끝끝내 푸른 얼굴, 푸른 옷깃 거두고
꼭지 틀며 우는 저 낙과(落果)의 풍경도 졌네.
이파리 화인(火印)이 찍혀 시나브로 떠는데.

검불 티 흩날리는 그날 그 서성이던 자리
기막힌 경지를 지고 손살 젓는 습성이다.
천공(天空)의 풍안을 닦는 소슬한 이 바람은.

하늘 산책

건곤에 맞물린 저 구름의 파장을 딛고
캄캄한 은분(銀粉)의 설원, 도로 어둔 광망 속을
다시금 난다, 헤맨다, 간단없는 생애로.

섬뜩 섬뜩하도록 깎아지른 돌난간의
허공에 물구나무 서서 굽어본 저 강안(江岸)
끝없는 동굴에 싸인 비경 하나 펼친다.

송가(頌歌)

건곤을 휘어 잡고
카랑히 뜬 저 별자리.

노니는 발길마다
서기 절로 어리었네.

살풋이
복건(幅巾)을 인 채
길이 덕(德)을 섬겨라.

차고노 너운 징을
굳이 꿰맨 쌍가락지.

달무리 허리를 누벼
꿈도 깁고 산단 말씀.

이 세상

오만 희열을
너로 하여 누려라.

일행(一行) 소묘

화닥화닥 그물은 밤 인경마저 스러졌다.
빗장도 깊이 물린 영묘한 그 신방(新房)인 거.
해묵힌 사랑 조아려 차마 말을 삼가고.

티 하나도 사려앉는 새 세간의 귀밑머리.
반호장 앞섶 가린 홍옥(紅玉)의 그대 안면.
실눈썹 살풋이 열려 내 온 몸을 적시고.

늙은 아리따장

―마철저(磨鐵杵) 이야기

꽃의 진물도, 저 시정의 질풍도 마멸한 곳
선지피 임리(淋漓)하는 노을의 능선을 긋고
무어라 어기찬 삶을 사려 앉아 외신가.

허구헌 간난(艱難)인가, 서릿발 성성한 채
아름들이 쇠공이로 한 개 바늘을 갈기까지
용하다, 결정의 문턱 우주마저 포용하고……

전단

사그리 황량한 벌판, 눈 시린 연대라도
죽었다 거듭나는 어기찬 그 역사(役事)
어머니 창생(創生)의 날은 빛을 불러 점지하소.

일찍이 한 터울로 맨살을 비빈 후예.
진물 어린 눈언저리 비정의 칼을 씻고,
오만상 아픈 못자국, 앙금마저 푸소서.

서러운 명주 타래 칭칭 감긴 애정사의
타마구 기름 묻은 우리 할배 간구의 손
후루룩 숭늉 한 모금, 이 심령을 달래고.

티끌 속에 깨어나는 일상의 저잣거리
죽은 밤, 질곡을 자른 태양의 톱니마다
무구한 질서를 섬긴 저 행적을 보소서.

제4부

청맹과니 노래

1 쑥대머리

사람의 설움이 어지간해야 눈물이 나오는 법이지, 기가 차고 멱이 꽉 차면 뛰고 미치고 환장을 하는 법이렸다.

─판소리 「심청전」에서

쑥대머리
애원성을
임방울만 울었다더냐

한 세상 오만 시름
시궁을 딛고 서서

여보게
우리네 연꽃
살 비비고 오리라.

2 사동(私僮)*짓소리

두둘겨라
지게 장단,
어서 노를 휘저어라.
그 무슨 젓대를 불어
이 아픔을 하소하랴.
환장할 경치를 지고
떼거지로 그렇게.

조지고, 비비틀고, 직신작신 할퀸 세월.
더러는 혼을 챙겨 공출 나간 아수라장, 도솔천 차양을
드린 그 마름 야로 속에 모가지 얼레에 감긴 참혹한 생애
던가.
어이어, 어여하 어이. 어이 어이 어여하.

풀고
풀어볼수록

가슴 조이는 사슬,
끝끝내 무르팍에
찬 바람 절로 인다.
비비쫑
우니는 새야
형극의 강 비켜 날고.

이승을 닫아 건 보릿대 쓰디 쓴 연기.
글러먹은 연대의 글러먹은 식리(殖利)였네. 등줄기 휘인
채로 요역, 공신 죄구렁의 거만(鉅萬)의 농장에 갇혀 불지
짐 효수할 때
거꾸로 매달린 목숨, 오리무중 달은 지네.

으스스 멀미 난다.
어시 새끼 누역이 탄다.
피의 소금 긁어내듯
조공 받던 손갈퀴로 앗아간 태평성대
찰진 내 사랑은 차마

손톱마저 진물러…….

여보게, 하늘도 정녕 목이 잠겨 누웠는가.
어석석한 세간살이 쓸개라도 갊아 두게. 연옥리 마구간
마소의 엉덩이살 그건 바로 우리들의 살이어든
회초리 후리친 권신, 어휴 저 넉살 좀 보게.

지느러미 너울대던 아사녀 치맛자락.
유리 하늘 노대 아래 사타구니 헝클린 능욕의, 주육을
짓이겨댄 아, 우악스런 생채기로
끊길 듯 끊기지 않는 끝없는 저 무두질.

징그런 못자국의 살에 새긴 문신처럼
한 거풀 가죽을 벗겨 먹물 수결을 씻어낼까.
죽었다 거듭 난 찰나, 도로 천적(賤籍)을 입는 너.

* 私憧 : 노비해방을 위해 난을 일으키려다 붙잡혀 죽은 만적의 호.

3 비황정책

삘기꽃 풀씨만큼 기박한 오행이데.
다북쑥 죽솥마다 부글부글 환난이 끓고
지지징 타는 코뚜레, 적지천리 머흘데.

삿대에, 바지게에,
가시
차압 맞물린 채

보두청 그물코의
호구에 걸려든 내 피조개 살점들아.
상전이 게워낸 칼날,
얼레발을 보는가.

저 세상 궐문 한쪽 누린내를 싸지르는
백 사람 구메밥도 한 입에 털어 넣고, 개코 쥐코 허랑방
탕 홍에 질린 인육 시장, 회칠한 황장목(黃腸木)의 그 골

목 푸주간은 절씨구라. 작살 났네, 오만 사랑, 쪽박마저 작
살 났네.
  컹 컹 컹 이적(夷狄)을 불러 으름장낸 서슬에.

  씨아로 무명씨 까듯
  피좁살을 옭어내고
  가뭄 밭의 우리 혼백
  도로 긁는 쇠스랑질.
  에라, 이 죽는 오기로
  새 바지에 생똥 싸네.

  아전님. 진액을 핥는 아, 송충이 아전님아.
  날개 돋친 산 귀신의 시뻘건 머리칼에 구천그루 소나무
가 단 손에 덜미 잡힌, 기름 말라, 피가 말라, 뼈골마저 하
비인 몸. 옴 딱지 이파리의 문둥병 줄거리네.
  아전님. 진액을 핥는 아, 송충이 아전님아.

4 임오야승(壬午野乘)

걸신든 임오년의 벌거숭이 등신들아.

혀에 달던 송피죽도 거덜난 모가지의 어시새끼 흙 묻은
부리 죽지에 사려 묻는, 볏가리 헐린 자리 비에 할퀸 쇠똥
처럼 고사병 풀꽃 위에 재로 시든 무명바지. 그 찌든 골마
리 속을 비집고 온 몰골들아.

부황난 하늘이 타는 아, 섬뜩한 세월에.

천상천하 어인 죄를 지레 점지 간수하리.

적산의 정미소 곳간 쌀겨 한 줌 축낸 것이 쇠스랑 홍두
깨로 우두방찰 도리깨질, 피로 우는 아픔의 뒤란 글러빠진
국면인가. 가진 놈, 주린 아낙 해낙낙 수작할 때 삽살개
망을 서고 장끼 새끼 푸득였다.

환장할 내력의 젖을 물고 자란 망나니.

개떡이다, 죽창이다, 보리꺼끄러기 목숨이다.

이 빠진 바가지의 반쯤 비낀 배급품 달아. 징용 간 꼴머

슴의 고천문이 펄럭이는, 미얄할미 속곳 치마 드러난 보리
흉년. 앞들녘 방죽 물에 양어치기 아예 마소. 잉어 늘면
소름끼쳐, 낚시 드린 관리 보기 소름끼쳐.
　그날 그 장도(長刀) 휘둘던 초라니 상기 어디 갔는가.

5　고구마

돌무지 사력질(沙礫質)의 척박한 밭이랑에
여린 순 잘린 심줄 새 살 돋아 여물었다.
오랏줄 포박의 끈에 고랑찬 듯 매달렸다.

살아 생전 흙을 섬긴 천더기 목숨인가.
눈 멀고 귀도 먹먹 청맹과니 민초처럼
가리고 차릴 것 없는 적막강산 벌거숭이.

누런 바람, 마파람의 세월 또한 흉흉해라.

비린내 저잣거리 거적 쓴 난장판에, 관아 후직*이 손에
멱살 잡혀 끌려왔다. 이에 저에 뒹굴려서 모지라진 은자
(隱者)같이 누더기, 헌 누더기 죽살이친 파장 마당, 수령
방백 호미 끝에 찍힌 이마 진물 자국…… 아직도 그 물것
개펄 떼는 주둥이로 거간꾼 오빠시떼 징 치고 날아들 때,
뜬벌이 향원(鄕愿)*이도 한 통속 놀아날 때
    천지에 살가죽 썩는 어질머리, 어질머리.

* 후직 : 농사를 관리하던 고대의 관리.
* 향원 : 줏대 없이 이랬다 저랬다 하며 사람들 비위나 맞추는 위선자.

6 개펄

전라도 막막한 골 땅끝 어디 외딴 섬은
날궂이 바람 불고 우우우 바다가 울면
함부로 보이지 않는 신기루로 떠오른단다.

세월도 뒷짐 지고 저만큼 물러선 자리
밀물에 부대껴서, 썰물 북새에 떠밀려서
유배지 무지렁 땅에 뿌리 뽑힌 질경이다.

대명천지 밝은 날은 땡볕 외려 섬뜩해라.
하늘 밑창 맞물린 저 수평선 이고 서서, 초라니 망둥이
새끼 3·4조로 헤갈대는, 진수렁 뻘밭 헤집는 따라지 민초
들은 저마다 방패막이 울짱 같은 연막 친다.
한 평생 자맥질하는 천덕꾸리 달랑게로.

<혼백 상자 등에다 지곡
 가슴 앞에 두렁박 차곡
 한 손에 비창을 쥐곡
 한 손에 호미를 쥐곡
 허위적허위적 들어간다>[*]

먼 데서, 가까이서 덩치 큰 해일 다가서고
외나무 상앗대로 죄구럭 식솔들 거느리는

소금기 쓰라린 생애, 파도타기 목숨을…….

숨죽인 후유 소리 노을 속에 숨겨나 놓고
빈 시렁 장대 위에 달도 하나 받쳐나 두고
더러는 두둥실 솟는 신기루로 떠올린다.

* <혼백 상자……>는 제주 해녀 노래의 한 대목.

7   탈놀이

천의 다리, 천의 팔이 비비꼬인 이 매듭을
재갈 물린 한 역사의 넌덜머리 이 결박을
실꾸리 가닥을 풀 듯 아, 아픔의 끈을 풀라.

우멍눈, 곰배팔이 방정맞은 굿패로다.
천더기 상민들의 울 일을 움켜쥐고, 주검보다 무서운 그
굴욕의 굴형 아래 무담시 도륙당한 비렁뱅이 식칼들아. 누

거만석 아전님네 술찌끼로 흘러나온 얼간이 씨나락도, 두엄
속에 짓눌린 저 봉두난발 어릿광대, 토색질 손갈퀴에 으스
러진 벙거지도, 부역꾼 등줄 같은 거적들아 일어서라. 치고
패고 차고 밟고, 노들강변 버들같이 휘휘낭창 구부려뜨려
매로 다스려진 몸이로다.
　앗아라, 춤이나 추자. 미친 밤의 굿거리로.

날라리 웅박캥캥 덧뵈기춤 신명 난다.
말뚝이, 비비양반, 취발이, 귀팔이야.
차라리 참혹한 정상을 탈로 가린 풍물잽이.

전라도 막막골의 개발코 주걱턱 탈
마른 모가지 여위어 궁항벽지 따오기 그것처럼
돌아라. 살풀이 장단, 관솔불도 휘돌아라.

구들장 불씨같이 자지러진 타령마당.
쥘부채 붉은 고깔 용트림 거드름의, 은하석경 머흔 길
에 적토마 갈기를 잡고, 난양공주 영양공주 결 고운 그 미

색을 열두 두름 꿰미 채로 왁자히 수작하는, 개가죽 용수
관의 칡베 장삼 양반 보소.
　마파람 높새바람에 어흐 몰라, 넉장거리.

　8　사물놀이[*]

북 장구 꽹과리에 징소리가 어우러진
앞 마당 멍석 위에 둥 따닥 굿판 났다.
걸립패 사물놀이에 달도 차서 출렁이는……

그냥 그 무명 적삼, 수너분힌 매무새로.
폭포수 쏟아놓다 바람 자듯 잦아드는,
신바람 자진모리에 애간장을 다 녹인다.

　＜달ᄒ 노피곰 도ᄃᆞ샤
　　어긔야 머리곰 비춰오시라
　　어긔야 어강됴리

아으 다롱디리>*

얼마나 오랜 날을 움츠린 목숨인가.
관솔불도 흥에 겨워, 흥에 겨워 글썽이는
<어긔야 어강도리
  아으 다롱디리>

돌아라, 휘돌아라. 숨이 가쁜 종이 고깔.
　더러는 눈칫밥에 한뎃잠 설쳤기로, 논틀 밭틀 恨을 묻
고 거리죽음 뜬쇠*들아, 아픔의 응어리로 북을 때려 시름
푸는, 풍물잡이 시나위는 민초(民草)들 앙알대는 목소리다.
짓밟고 뭉갤수록 피가 절로 솟구치는, 투박한 그 외침은
뚝배기 태깔이다.
　앙가슴 풀어헤쳐서 열두 발 상모를 돌려라.

* 사물놀이 : 우리 민속 타악기인 꽹과리·징·장구·북으로 이루어진
　걸립패의 앉아서 치는 풍물 가락.
* <달ㅎ 노피곰……>은 「井邑詞」의 한 대목.
* 뜬쇠 : 풍물꾼 가운데 그 기능이 가장 뛰어난 명인.

9 지노귀새남[*]
　—우리네 진혼무가(鎭魂巫歌)

살강 밑에 씻긴 밥풀 움 돋거든 오마던가.

배 곯아 젖배 곯아 털복숭이 어린 것의 혀빼물고 죽은
귀신,
　누더기 몸뚱어리 태산 같은 병을 실어 시집 장가 못가
본 채 무명밭 다래처럼 허리 꺾인 몽달 귀신,
　동네방네 내돌리다 이 빠진 사발처럼 이놈 저놈 오금
밑에 썩은새로 녹아내린 벌거숭이 각시 귀신,
　피붙이 살붙이 없는 흉흉한 홍진 세상 와석종신 못한
귀신,
　붙일 데 얹힐 데 없이 어눌한 검불 꼴로 지게 밑에
치여 죽은 머슴살이 난발 귀신,
　천연두 돌림병에 비루먹은 푸성귀 모양 약 못쓰고 죽은
귀신,
　살도 뼈도 추심 못한 산등성이 풍장으로 갈가마귀

부리 끝에 찢기운 고기잡이 늙다리 귀신,

　스무 사흘 가뭄처럼 제사 한번 못 얻어 먹는 비렁뱅이 꼽추 귀신,

　까발긴 역사마냥 무덤 자리 성치 못한 뗏장 밑에 웅크린 저 외톨박이 떠돌이 귀신,

　궁하고 비천한 넋들 얼싸절싸 다 나오라.

　파당 파쟁 아수라장 등 터져서 죽은 귀신,

　풀뿌리 나무 줄기 야금야금 갉아먹는 진딧물 모적(蟊賊)처럼 간에 붙어 쓸개에 붙어 단물 쓴물 말아먹고 나자빠져 죽은 귀신,

　배동한 보리밭 이랑 돌개바람 휩쓸 듯이 앰한 사람 해꼬지로 정을 맞아 죽은 귀신,

　너구리 비상 먹듯 녹봉을 잘라먹고 똥구멍이 빠진 귀신,

　개가죽 북장구로 허랑방탕 농치다가 급살맞은 난봉 귀신,

　혼(魂)은 데치고 백(魄)은 삶아 등신들아 다 나오라.

　눈치 코치 미처 몰라 함성의 와중에도 화살 피해 은신타가 철퇴 맞아 죽은 귀신,

　아전한테 들볶여서 두엄 속에 피신하다 객사 죽음 선비

귀신,

쥐도 새도 모르게 물에 빠진 생쥐 모양 알지 못할 시궁창에 모로 누워 뒈진 귀신,

밭고랑 후미진 골짝 속 깊은 웅어리에 뼈마디 어혈 들어 깜부기로 시든 귀신,

앵돌아진 조가비 속 율법전서 미궁 속에 영영 갇혀 죽은 귀신,

항쇄족쇄 칼을 쓰고 살갗 옹이 박힌 귀신,

초례청 굿청 마당 날것 먹고 구워 먹다 낙형당해 죽은 귀신,

고대광실 주문설주 돌쩌귀 들이받고 피칠갑을 입은 귀신,

뜬소문에 나불대다 혀를 빼어 도리깨 치듯 치도곤을 맞은 귀신,

볼기 터진 나으리 등쌀에 부은 감창 갈앉히고 방정 떨다 주리 틀린 남절양(男絶陽)* 고자 귀신,

소쩍새 귀뚜리에 한을 팔고 죽은 귀신, 하릴 없이 죽은 귀신, 까닭없이 죽은 귀신…… 이적도 잠 못 들어 항간을

헤매는데,

　그 누가 아픈 혼백 다 거두어 수렴할꼬, 거두어 수렴할
꼬.

 # '풀이'의 의미론, 생성의 현상학

김 동 식

문학평론가

1. 다양성과 개방성

윤금초의 시 세계는 참으로 다양한 면모를 지니고 있다. 개략적인 스케치만 하더라도, 시인은 우항리의 공룡 화석(「백악기 여행」)에서 선사시대의 모습을 읽어내고, 고구려의 유적에서 그 웅혼한 기성을 상기하고(「중원, 시간 여행」「주몽의 하늘」), 곤고했던 민초들의 삶과 그 한서린 죽음들을 위로하더니, 현재의 "각다분한 일상"(「고백·1」)에 대해서는 인터넷 유머와 엘니뇨 현상 등을 통해 현실비판적 시각을 드러내고 있다. 그밖에도 당통의 죽음, 프라하의 한 젊은이의 잠적, 로댕·피카소·르동 등의 회화와 조각 작품에 대한 시적 재구성 등에 이르기까지 시인은 자신의 관심을 한껏 확장하고 있다. 시인의 말을 빌자면, "공간 위에 일궈 놓은 다양한 시간 개념"(「사유와 운동·1」)이 시인의 작품세계에 고스란히 형상화되어 있다고 할 것이다.

형식적·양식적 차원에 주목할 때, 윤금초의 시조작품들은 시조양식을 제한이나 구속이 아니라 변화와 실험을 가능하게 하는 공간으로 인식하고 있다. 시인은 사설시조의 호방하면서도 격렬한 리듬을 성공적으로 자신의 시적 주제와 결합시키고 있는데, 특히 「청맹과니 노래」는 연시조 형식을 서사적 장시의 차원으로 이끌어가면서 동시에 극적·제의(祭儀)적 구성을 이루어 놓고 있다. 또한 민요인 제주해녀의 노래나 고전가요인 「정읍사」를 작품 속에 삽입하거나(「청맹과니 노래」), 최남선의 신체시(「해일」)나 이상의 「날개」의 구절들을 작품 속에 끌어들임으로써 시조양식의 상호텍스트적 가능성을 열어 보이고 있다. 윤금초의 시조가 보여주는 주제와 형식에서의 다양성과 개방성은, 시조가 현대시의 한 양식으로서 살아있는 문학양식이 되어야 한다는 현대시조의 요청에 부응하고자 하는 노력의 소산이라 할 것이다.

2. '풀이'

윤금초의 시조 작품들이 보여주고 있는 다양한 시적 소재와 형식 실험은 하나의 일관된 주제의식으로 수렴되고

있는데, 역사의 상처와 치유에 대한 관심으로 요약해 볼 수
있을 것이다. 보다 구체적으로 말하자면, 시인의 시 세계는
"국방색 성난 악령들 발 구르며 달려"(「일과 몽상·2」)와
"조지고, 비틀고, 작신작신 할퀸 세월"(「청맹과니 노래」)인
한국근현대사의 그 처절한 상처와 쓰라린 아픔과 엄밀하게
대응하고 있는 것이다. 이 지점에서 주의해야 할 것은 윤금
초의 시에 나타나는 역사 또는 역사의식이 지나가 버린 종
결된 과거를 대상으로 하지 않는다는 점이다. 현재까지 그
상처와 아픔이 계속되고 있으며 현재의 부정적인 상황과
상호조응하고 있는 여전히 살아있는 과거로서의 역사를 시
인은 주시하고 있다.

> 천의 다리, 천의 팔이 비비꼬인 이 매듭을
> 재갈 물린 한 역사의 넌덜머리 이 결박을
> 실꾸리 가닥을 풀 듯 아, 아픔의 끈을 풀라.
>
> —「청맹과니 노래」 부분

　　매듭과 결박은 가혹한 폭력이 현재까지 진행되고 있음
을, 재갈은 그 아픔의 호소나 표현이 금지되어 있었음을
의미한다. 따라서 시인이 바라보는 고통은 상징적 차원에
서 해소될 가능성조차 원초적으로 차단된 고통이다. 매듭
과 결박, 재갈로 대변되는 부정적인 역사에 대한 시인의
윤리적 태도는 명료하다. 매듭과 결박을 풀기 전에는 결코

역사의 아픔이 사라질 수는 없다는 점, 따라서 아픔의 매듭을 풀어내는 것이 치유의 방식이라는 점, 따라서 '풀이'는 윤금초의 시조가 설정하고 있는 의미론적인 원점이다. '풀이'는 "아직도 이가 시린 저 바람 사금파리/ 어느 먼 애정의 누적 이 아픔을 달랠까."(「겨울 나들이」)나 "비정의 칼을 씻고,/ 오만상 아픈 못자국, 앙금마저 푸소서.// (……) 우리 할배 간구의 손/ 후루룩 숭늉 한 모금, 이 심령을 달래고"(「전단」)와 같은 시구에서 알 수 있듯이 '위로와 달램'의 의미로 나타나기도 하며, '우리 할배 간구의 손'에서 알 수 있듯이 역사의 상처를 치유하는 가능한 방식으로 제시되기도 한다. 윤금초에게 있어서 '풀이'는 속박(束縛)으로부터의 벗어남[解放]이라는 의미를 가지며, 동시에 폭력으로부터 상처입고 처절하게 죽어간 영혼들을 위로하고 달래는 위령(慰靈)의 방식이다. 이를 두고 풀이의 의미론이라 할 수 있을 것이다.

해방과 위령으로 대변되는 '풀이'의 의미망이 서사적 장시의 형식을 경유하여 제의(祭儀)의 양식으로 집약된 작품이 「청맹과니 노래」라 할 것이다. 이 작품은 "사람의 설움이 어지간해야 눈물이 나오는 법이지, 기가 차고 먹이 꽉 차면 뛰고 미치고 환장을 하는 법이렷다"라는 판소리 「심청전」의 한 대목을 인용하면서 시작하고 있는데, 도저히 풀길 없는 한과 설움을 안고 형극의 세월을 살다 죽어간 사람들을 위한 노래이다. 마지막 장(章)인 '지노귀새남 : 우리네 진혼무가(鎭魂巫歌)'에서 시인은 "이적도 잠 못들어 항간을 헤매는" 온갖 사연의 귀신들을 다 불러내고는 "그 누가 아픈 혼백 다 거두어 수렴할꼬, 거두어 수렴할꼬."(「청맹과니 노래」)라고 말한다. 이 지점에 이르게 되면, 윤금초 시의 의미망이 '풀이'와 '진혼(鎭魂)'을 중심으로 형성되어 있음을 확인할 수 있다. 그렇다면, 억울한 원혼의 한을 풀고 넋을 달래는 방법은 무엇일까. 그것은 억눌린 영혼들의 "애간장을 다 녹"(「청맹과니 노래」)일 정도로 신바람 나는 장단이며 노래와 춤이다.

얼마나 오랜 날을 움츠린 목숨인가.
(……)

돌아라, 휘돌아라. 숨이 가쁜 종이 고깔.
더러는 눈칫밥에 한뎃잠 설쳤기로, 논틀 밭틀 한(恨)을 묻고 거리죽음 뜬쇠들아, 아픔의 응어리로 북을 때려 시름 푸는, 풍물잡이 시나위는 민초(民草)들 잉알대는 목소리다. 짓밟고 뭉갤수록 피가 절로 솟구치는, 투박한 그 외침은 뚝배기 때깔이다.

앙가슴 풀어헤쳐서 열두 발 상모를 돌려라.

(강조는 인용자)

북을 때리고 장단에 맞추어 숨가쁘게 휘돌아가는 춤은,

그 자체가 민초들의 앙가슴을 '푸는' 제의이다. 중요한 것은 장단과 춤, 달리 말하면 민초들의 원한을 풀어 줄 수 있는 여러 방식들이 "민초들의 앙알대는 목소리"에서 연유한다는 점이다. 달리 말하면 민초들은 자신의 원한을 스스로 위로할 수 있는 자기위안의 방식을, 고유한 장단과 몸짓과 가락의 형태로 지니고 있었다는 것. 이 대목은 민초에 대한 시인의 일방적인 애정이 표현된 지점이어서가 아니라, 시인이 민초들의 삶과 문화 속에서 민초들의 삶에 내재한 자생적인 가락과 몸짓의 존재를 확인하고 있다는 점에서 의미를 찾을 수 있다. '풀이'의 의미망은 위령과 진혼의 단계를 거쳐, 자신들의 삶에 내재해 있는 자생적인 가락과 춤으로 자신들이 걸머진 원한을 스스로 풀어가는 민초들의 이미지로 수렴되고 있다.

3. 내재율, 또는 생성(生成)의 율격

지금까지 우리는 윤금초의 시조 작품들이 '풀이'와 진혼의 의미망을 형성하고 있음을 살펴본 셈인데, 시인이 시조를 '풀이' 내지는 '진혼'의 형식으로 설정하고 있다고 보아도 무방할 것 같다. 따라서 이 지점에서 시조가 '풀이'나 진혼의 형식이 될 수 있는 근거에 대한 물음을 피해가기는 어려울 듯하다. 윤금초의 시집의 놀라운 점은, 시조가 '풀이'나 진혼과 같은 제의적 형식에 근접할 수 있는 자기 근거를 스스로 해명하고 있다는 점이다. 두 가지 정도를 제시할 수 있을 터인데, 하나는 「내재율」이라는 제목의 연작시편들이고, 다른 하나는 피카소·로뎅 등의 회화나 조각 작품에 대해 씌어진 일련의 작품들이다.

먼저 「내재율」 연작시편을 살펴보도록 하자.

날줄 씨줄 잉아귀로
한 세월 자개수 놓듯

우리네 사랑의 의미
몇 겹으로 풀어 헬까

바디질 멈출 새 없는
열두 자락 내재율.

—「내재율·1」

「내재율」 연작은 1966년 시인의 등단 작품이기도 하다. 따라서 앞에서 살펴본 「청맹과니 노래」(1977)의 의미론적 기반이 되는 작품이라 할 수 있다. 인용한 작품에 의하면, 시인은 사랑이 생성되는 과정을 탐색하고 있는데, 사랑은 날줄과 씨줄을 엮어 수를 놓듯이 생겨나며 장구한 세월을 "풀어" 헤는 것이어서 멈추지 않는 리듬(내재율)과 같은 것이라고 말한다. 우선적으로 주목할 것은 사랑의 의미가

시인에게 있어 "풀어" 혜는 것이라는 점이다. 억울한 원혼의 한(恨) '풀이'와 진혼이 윤금초 시 세계의 기본항이라 할 때, '풀이'는 사랑이 가지고 있는 생성의 힘과 운동성에 기반하고 있다는 사실을 쉽게 알 수 있다. 다음으로는, 앞에서 살펴본 「청맹과니 노래」의 "앙가슴 풀어헤쳐서 열두 발 상모를 돌려라"라는 구절과 인용 작품의 "바디질 멈출 새 없는 열두 자락 내재율"이라는 구절이 상응한다는 점이다. 열둘이라는 숫자의 겹침도 그렇지만, 내재율의 운동성과 상모 돌리기의 운동성 사이에서는 의미론적인 연속성을 확인할 수 있다.

「내재율」 연작에서 확인되는 율격의 운동성은 시조 양식의 율격에 대한 시인의 의식과 (일정 정도는) 엄밀하게 대응되는 것으로 보인다. 시조 양식의 진정한 율격은 외형적 자수율에 의해 미리 규정되는 것이 아니라, 씨줄과 날줄을 엮어 옷감을 짜듯이 인간적인 감정으로부터 풀어내는 것이라는 생각이 그것이다. 달리 말하자면, 가락 또는 율격이란 외부적인 통제가 아니라 발생론적인 과정을 통해서 끊임없이 생성되는 것이라는 생각. 율격의 운동성은 그 자체가 인간의 내면 감정으로부터 연원하는 생성의 차원과 결부되어 있는 것이다. 이 지점에서 윤금초의 '풀이'는 그 자체가 인간감정에 내재한 율격이며, "생성의 리듬을 탄 경쾌한 음색"(「사유와 운동·1」)이며, 속박이 아니라 자유로운 생성의 움직임이라는 의미를 획득한다.

4. 활성(活性)의 상상력

시조가 '풀이'나 진혼과 같은 제의적 형식에 근접할 수 있는 근거 가운데 하나를 생성의 율격에서 찾을 수 있다면, 다른 하나는 시인의 시적 상상력과 관련된 문제가 될 것이다. 앞에서 지적한 것처럼, 피카소·로댕 등의 회화나 조각 작품에 대해 씌어진 일련의 작품들에는 시인의 시적 상상력이 나타나 있다. 회화나 조각을 소재로 한 작품들은 '예술작품의 질서를 탐구하기 위한 것'(장경렬, 「무엇을 위한 시조 형식인가」, 『미로에서 길찾기』, 문학과지성사, 1997, 92면)이면서, 동시에 자신의 작품세계를 구성하는 원리를 시인 스스로 확인하는 방식이다(회화나 조각은 시인에게 있어서 우의(allegory)적인 거울과 유사한 것이 아니었을까). 그림이나 조각은 시인이 응시하고 있는 미적 대상이면서 동시에 시인에 의해 재구성되고 있는 대상이기도 하다. 그렇다면 작품에 숨어있는 시인의 시선을 거슬러 올라가다 보면 시인 특유의 상상력과 만날 수도 있을 것이다.

들녘을 쏘다니는 야생마 그것처럼
툭 툭 짧은 붓 놀림의 신들린 색채 분할.
억압된 격정의 불길, 활활 솟아 물결친다.

―「질료와 정신」

고흐의 「귀를 자른 자화상」과 마주한 시인, 무엇을 응시하고 있는 것일까. 역설적인 표현이 되겠지만, 시인은 그림을 보고 있지만 그림을 보고 있지 않다. 시인은 그림에서 고흐의 신들린 듯한 '붓 놀림'을 보고 있었던 것, 더 나아가 그러한 붓 놀림을 가능하게 하는 격정의 불길을 보고 있었던 것. 그렇다면, 시인은 그림의 배후, 아니 보다 정확하게 말하면 그림이 생성되는 과정을 더듬고 있었던 것은 아닐까.

거친 땅 가슴 적신 보라빛깔 먹물이다.
뿌연 운무(雲霧) 뒤집어쓴 잠든 영매(靈媒) 옷깃이다.
눈 감자 더욱 빛 부신 불모의 석판화집.

수천 길 심연 바닥 꿈꾸는 후지(厚紙) 위에
파스텔 물감 칠한 바다밑 감정 이입(移入).
신화 속 키클로페스도 부시시 깨어난다.

―「일과 몽상·1」

'르동의 「바다밑 환상」'이라는 부제를 달고 있는 이 작품은 시적 상상력의 움직임을 잘 보여준다. 작품을 바라보는 시인의 시선은 시인의 시적 상상력의 움직임과 상동적이다. 시인은 르동의 작품을 '거친 땅 가슴 적신 보라빛깔 먹물'이라고 말하고 있는데, 보랏빛 먹물의 이미지는 '파

스텔 물감 칠한 바다'로 이어진다. 시인의 상상력은 보랏
빛 먹물을 따라 바다 밑으로 감정이입되어 들어가고, 그러
자 잠자던 신화 속의 인물이 깨어난다는 것이다. 시인의
상상력은 대상으로 고정되기 이전의 발생의 차원으로 환
원되어 들어가거나, 아니면 마치 '영매(靈媒)의 옷깃'처럼
화면에 고착된 대상을 운동성의 차원으로 전이시킨다. 「대
치(對峙)와 현상학 : 로댕의 '칼레의 시민'」의 "맨발의 청
동 조각이/ 다시 살아 숨쉰다"와 같은 구절에서 확인할 수
있는 것처럼, 회화나 조각에 대한 윤금초의 시들은 거의
대부분 작중의 군상들이나 신화적 인물들을 활성화시키고
있다.

    침통한 청소부의 숨쉬는 그 정령이
    점토 짓이긴 주형 안에 놓였는가.
    생명이 이울던 자리, 다시 살아난 율동으로.

    시난 철 쓰라린 일기, 기나긴 자폐증도
    스팀팔루스 새를 향해 활시위 당기는가.
    격렬한 칼끝 언어로 솟구치는 내출혈.
            —「존재와 꿈 : 로댕의 '코 짜부라진 남자'」

　시인은 감정이입과 상상력을 통해서 화면에 또는 주형
에 갇힌 인물들을 '풀어' 내고 있었고, '생명이 이울던 자

리'로 주형을 되돌려 '다시 살아난 율동' 속에서 되살려 내고 있었던 것. 따라서 조각상을 만드는 과정의 '칼끝 언어'가 시인의 시작(詩作) 과정과 상응하는 것은 당연한 일일 것이다. 회화나 조각을 향한 시인의 시선은 한국근현대사의 역사적 맥락과 겹쳐지면서 보다 적극적인 의미를 얻게 된다. 「상황과 인식·2 : 피카소의 '납골당'」에 의하면 "살육의 참혹한 무대"는 피카소의 그림에 나타나 있는 장면이면서 동시에 한국현대사의 비극적인 역사적 체험과 겹쳐져 있다. 그곳에도 물결치듯 쓰러져간 영혼이 자신의 두개골을 찾지 못한 상태로 흩어져 떠돌고 있고, "꽃젖가슴 도려내진 풀빛 소녀"가 있다. 시인은 이 작품에서 "납골당 차디찬 하늘, 유골들이 일어"서는 장면을 목도한다. 아픈 혼백들을 수습하고 위로하고자 하는, '풀이'를 향한 시인의 의지가 생성되는 장면이라 할 것이다. 생성의 율격과 활성적 상상력을 통해서 '풀이'와 진혼의 의미망을 구성하고 있는 시인의 작품세계는 영원성을 지향하는 상징의 수사학과는 일정 정도 거리를 두고 있다. 현실적인 시간 속에 역사적으로 존재하는 인간의 감정을 노래하는 '우의로서의 시조의 가능성'을, 이 지점에서 찾아볼 수 있을 것 같다(장경렬, 「시간성의 시학 : 시조시학의 새로운 위상 정립을 위하여」, 위의 책, pp. 23~49 참조).

윤금초 연보

1943년(임오년) 음 6월 3일   전남 해남 화산면 갑길리에서 출생. 출생신고 때 둘째 누나와 생년월일이 뒤바뀌어 1941년 8월 7일생으로 호적에 등재되었으며, 또래들보다 3년 먼저 초등학교에 입학. 그리하여 인생 3년을 가불하여 살아오고 있음.

1966년   중앙대 서라벌예술대학 문예창작과 졸업.

1966년   공보부 신인예술상 시조부문 입상.

1967년   「내재율(內在律)」 1·2·3으로 『시조문학』 3회 추천완료.

1968년   「안부(安否)」로 『동아일보』 신춘문예 당선. 「안부」는 '한번의 낙선과 한번의 당선'이라는 묘한 일화를 남김. 똑 같은 작품을 들고 동아일보 신춘문예에 도전, 1967년엔 예심에도 통과하지 못한 채 미끌어졌으나 이듬해에는 심사위원이 바뀌어 당선 통지를 받게 되었음.

1968년 2월 20일   김영신(金榮信)과 결혼, 2녀 1남(나라·시내·마루)을 둠.

1974년   한국잡지기자 특별상 수상.

1977년   윤금초 시집 『어초문답(漁樵問答)』(지식산업사) 간행. 구상 정한모 선생 등이 심사하여 「어초문답」을 제2회 <흙의 문학상> 수상작으로 선정하였으나, 당시 문공부장관 김성진씨가 이 작품을 "역사를 빌어 현실을 풍자했다"는 이유로 이를 취소함. 장편시조 「어초문답」은 당초 「비황 정책」, 「탈놀이」 등 4편 21수로 구성했으나 나중에 제목을 「청맹과니 노래」로 바꾸고 「쑥대머리」, 「사물놀이」, 「지노귀새남」 등 전체 9편 37수로 재구성함.

1980년 에세이집 『갈봄여름없이』(어문각) 간행.

1983년 박시교 이우걸 유재영과 함께 4인 시조집 『네 사람의 얼굴』(문학과지성사) 간행. 이후 5판 간행.

1986년 정운시조문학상 수상.

1991년 민족시가문학대상 수상.

1992년 에세이집 『가장 작은 것으로부터의 사랑』(신원문화사) 간행.

1992년 대산문화재단(교보생명) 문학인 창작지원금 받음.

1993년 시조집 『해남 나들이』(민음사) 간행.

1993년 옴니버스 시조(평시조·사설시조·엇시조 등 시조의 다양한 형태를 아우른 혼합 작품) 「주몽의 하늘」로 제12회 중앙시조대상 수상.

1995년 이우걸과 함께 5인 시조 선집 『다섯 빛깔의 언어 풍경』(동학사) 엮음.

1998년 『시조 짓는 마을』(삶과꿈) 간행.

1999년 고정국, 오종문, 이달균, 이재창, 전병희, 홍성란 씨를 선정, 6인 시조선집 『갈잎 흔드는 여섯 악장 칸타타』(창작과비평사) 간행.

1999년 6월 조선일보 방일영문화재단 저술·출판 지원금 받음.

1999년 11월 25일 문학사상사 제20회 가람시조문학상 수상.

현재 <오늘의 시조학회> 회장, 중앙일보사 중앙문화센터 시조 창작교실 출강, 한국프레스센터 언론인 연구·집필위원,

경기대 겸임교수.

기타
조선일보·중앙일보·대한매일·국제신문·농민신문 신춘문예
    시조 심사.
중앙일보 중앙시조 지상백일장 심사.
시조시학·열린시조·월간문학 신인상 심사.
금호문화 금호시조상 심사.
약사공론 약사문예 시 심사.
한국문화예술진흥원 우수작품 선정 시조 심사.
샘터 독자 시조·삶과꿈 시조마당 심사.
이 밖에 작가 작품론으로 장순하론, 이우걸론, 정시운론 등이 있
    음.